Alexis Alquié

Quelles sont les différences qui existent entre le sang veineux et le sang artériel? Le labyrinthe de l'oreille ne contient-il que de l'eau?

Quelles sont les causes, les caractères et le traitement de la myopie? Quelles sont les bases d'une bonne nomenclature en pathologie? Thèses présentées et publiquement soutenues à la Faculté de Médecine de Montpellier, le 26 mars 1838, pour obtenir le grade de docteur en médecine.

Alexis Alquié

Quelles sont les différences qui existent entre le sang veineux et le sang artériel? Le labyrinthe de l'oreille ne contient-il que de l'eau?

Quelles sont les causes, les caractères et le traitement de la myopie? Quelles sont les bases d'une bonne nomenclature en pathologie? Thèses présentées et publiquement soutenues à la Faculté de Médecine de Montpellier, le 26 mars 1838, pour obtenir le grade de docteur en médecine.

Réimpression inchangée de l'édition originale de 1838.

1ère édition 2024 | ISBN: 978-3-38509-506-9

Verlag (Éditeur): Outlook Verlag GmbH, Zeilweg 44, 60439 Frankfurt, Deutschland
Vertretungsberechtigt (Représentant autorisé): E. Roepke, Zeilweg 44, 60439 Frankfurt, Deutschland
Druck (Imprimerie): Libri Plureos GmbH, Friedensallee 273, 22763 Hamburg, Deutschland

1º QUELLES SONT LES DIFFÉRENCES QUI EXISTENT ENTRE LE SANG VEINEUX ET LE SANG ARTÉRIEL ?

2º LE LABYRINTHE DE L'OREILLE NE CONTIENT-IL QUE DE L'EAU ?

3º QUELLES SONT LES CAUSES, LES CARACTÈRES ET LE TRAITEMENT DE LA MYOPIE ?

4º QUELLES SONT LES BASES D'UNE BONNE NOMENCLATURE EN PATHOLOGIE ?

N° 22

THÈSES

PRÉSENTÉES ET PUBLIQUEMENT SOUTENUES

A LA FACULTÉ DE MÉDECINE DE MONTPELLIER, LE 26 MARS 1838 ;

Par Alquié (Alexis),

de Montpellier (Hérault) ;

Chirurgien interne à l'Hôtel-Dieu St-Éloi, premier lauréat et ex-Prosecteur-adjoint de la Faculté de médecine, ancien élève de l'École pratique d'anatomie et de chirurgie, ex-chef de clinique chirurgicale, Professeur particulier d'anatomie et de chirurgie, etc.

POUR OBTENIR LE GRADE DE DOCTEUR EN MÉDECINE.

MONTPELLIER,

Imprimerie de Veuve RICARD, née GRAND, place d'Encivade.

1838.

A MON MAITRE,

M. SERRE,

Professeur de clinique chirurgicale à la Faculté de médecine de Montpellie. , Chirurgien en chef de l'Hôtel-Dieu St-Eloi, membre de l'Académie royale de médecine de Paris, de Gand, etc.

Son élève reconnaissant.

A ALQUIÉ.

A MON PÈRE ET A MA MÈRE.

A MON AMI, AUG.^{te} LAFOSSE,
Docteur en médecine.

A. Alquié.

PREMIÈRE PARTIE.

SCIENCES ACCESSOIRES.

QUELLES SONT LES DIFFÉRENCES QUI EXISTENT ENTRE LE SANG VEINEUX ET LE SANG ARTÉRIEL ?

Obligé de m'occuper de cette question, donnée par le sort, suivant le caractère spécial de l'ordre dans lequel elle a été posée, je dois traiter ici des différences du sang veineux et du sang artériel sous le point de vue des sciences accessoires ; aussi je me propose de considérer l'un et l'autre des deux fluides sanguins sous le rapport physique et sous le rapport chimique, en ayant le soin de rattacher cette étude à la médecine pratique. Liquide réparateur de l'économie animale, le sang parcourt des canaux auxquels il semble préexister, et qu'il paraît se creuser lui-même dans la gangue cellulo-nerveuse de l'embryon (1). Ces canaux,

---

(1) Recherches expérimentales de Delpech et de M. Dubrueil, dans le Mémorial des hôpitaux du Midi, t. Ier, 383.

par leur structure, leur disposition, et leurs usages différents, ont mérité une distinction importante et généralement adoptée de veines et d'artères. Frappé cependant davantage par les caractères et les effets du fluide que ces vaisseaux contiennent, Bichat a préféré baser sa division sur les différences mêmes des deux sangs, dont il forme le système à sang rouge et le système à sang noir (1). Cette division n'a pas été complètement admise, et l'annotateur de l'ouvrage de Bichat a tenté d'en faire concevoir les inconvénients par rapport à l'anatomie et à la physiologie (2). Toutefois cette classification nous permet déjà de sentir que de grandes différences existent entre les deux fluides dont nous allons parler.

Le sang artériel possède une *couleur* rouge très-brillant, tandis que celle du sang veineux est bleuâtre et plus ou moins foncée. Cette coloration différente fait distinguer, dans l'homme vivant, leurs canaux propres; car l'intensité de la teinte est aussi marquée dans les uns que dans les autres; seulement l'épaisseur des parois vasculaires empêche la couleur rouge de se manifester aussi bien que celle du sang noir.

La production de la teinte artérielle est due en grande partie à l'action de l'air, et suivant la majorité des auteurs, depuis Lavoisier, à celle de l'oxi-

---

(1) Anat. génér., t. II, p. 2.
(2) Blandin, *loco citato*.

gêne en particulier ; aussi le sang sorti noir d'une veine prend bientôt, au contact de l'atmosphère, la couleur du sang artériel. Ce phénomène a lieu à la surface des vésicules bronchiques et d'autres muqueuses, telles que la pituitaire, que certains auteurs ont considérée comme un champ d'hématose ; ce changement chimique est tellement énergique, qu'il se passe même sur du sang renfermé dans l'estomac d'un cochon.

C'est la rougeur du sang artériel qui donne l'incarnat aux joues, aux lèvres, à l'aréole mammaire, à la peau de l'enfant ; tandis que le sang veineux imprime aux individus d'une constitution scrofuleuse et délicate, une nuance bleuâtre et faïencée à la sclérotique, en raison du peu d'épaisseur de cette membrane, et de la prédominance du système veineux dans la choroïde ; c'est la même cause qui donne à la surface de leur peau une coloration analogue ; c'est cette prédominance de la couleur noire ou de l'écarlate qui permet au praticien de reconnaître qu'une tumeur érectile se compose principalement de veines ou d'artères ; c'est la différence de couleur des deux fluides qui départ à l'individu sanguin et menacé de fluxions cérébrales le coloris vermeil, tandis que l'engorgement du système veineux imprime au malheureux asphyxié, au cholérique cyanosé, à celui qu'une lésion mortelle du cœur travaille, etc., la teinte violette des lèvres, des pommettes, du lobe du nez, des ongles, et même de toute la surface du corps.

Le sang du fœtus n'a point les caractères que nous venons d'y observer chez l'adulte ; à cette époque de la vie, l'on trouve dans tous les vaisseaux du sang de la même couleur. Bichat a disséqué, dans le sein de leur mère, de petits cochons d'Inde dont les vaisseaux ont constamment présenté un fluide noirâtre comme le sang veineux de l'enfant. Il fait remarquer, à ce sujet, que, malgré l'existence du sang noir seulement, et par conséquent du sang veineux en apparence, la vie du fœtus n'est point troublée, ce qui lui fait regarder le sang du fœtus comme tout autre que le sang veineux dont il sera pourvu après la naissance.

La *consistance* du sang artériel est plus grande que celle du sang veineux ; le premier est plus épais, plus visqueux, et recouvert d'une écume presque caractéristique. Leur *poids* paraît être plus fort dans l'artériel, et j'ai pu remarquer que la même poêlette, remplie de sang rouge, pesait davantage que lorsque du sang noir y était versé. Quand du sang veineux est laissé en repos dans un vase, il se forme bientôt deux couches de nature différente : la superficielle est translucide, séreuse, légèrement jaunâtre, comme huileuse ; la couche profonde est épaisse, consistante, rouge ; la première constitue le *sérum*, la seconde le *cruor*. Ces deux portions du sang se montrent à peine dans l'artériel, qui, au sortir des vaisseaux, ne forme plus qu'une seule masse, le *caillot*, fortement adhérent au vase où il est reçu. Les proportions du cruor et du sérum diffèrent non-seulement dans le sang de l'adulte, mais encore dans celui des individus de constitution variée : ainsi, chez l'homme d'une constitution robuste et sanguine, le cruor aura une prédominance marquée, tandis que le sérum l'emportera chez le scrofuleux. Aussi, chez le premier, les maladies sont violemment inflammatoires, et le sang fournit un caillot très-gros en proportion avec le sérum, qui quelquefois est presque nul. C'est la prédominance et la stase du sang veineux qui amène ces débordements de sérosité dont le tissu cellulaire s'infitre chez les individus atteints principalement de lésions anciennes des viscères thoraciques.

Mais la formation du caillot, c'est-à-dire la *coagulation* de la partie la plus consistante du sang, ne se fait pas également pour le sang veineux et pour l'artériel ; dans l'un, elle est en général plus lente, surtout quand le sérum est abondant; tandis que le sang rouge se figeait aussitôt que je le retirais de l'artère temporale. Cette coagulation ne s'observe pas, dans certains états morbides, pour le sang artériel, pas plus que pour le sang veineux. Les asphyxiés, ceux morts d'une fièvre typhoïde, du typhus des camps, des suites de la morsure des animaux venimeux, etc., ont présenté souvent du sang constamment liquide : j'ai fait l'autopsie de plusieurs individus morts de dothinentérie, et j'ai trouvé du sang plus fluide, moins visqueux qu'à l'ordinaire. D'après le résumé des expériences de M. Donné, lu à l'Institut l'année dernière, le pus versé dans le sang en détruit la coagulabilité, et ramène même le caillot à l'état liquide. La coagulation du sang n'est donc pas toujours due à la perte de son calorique ; il faut, pour que ce phénomène ait lieu, que ses principes constituants soient dans les proportions et les rapports normaux ; et il paraît que certaines maladies altèrent la composition physique et chimique du fluide sanguin.

Mais ce sont-là des cas exceptionnels, et la fluidité ou la coagulation du sang tient à sa *température*. Le sang artériel jouit d'une chaleur de 31 à 32° R., quel que soit d'ailleurs le milieu dans lequel l'homme est placé ; il puise cette température dans son contact avec l'air. Pour passer à l'état liquide dans le sang, et à l'état solide dans les tissus, disent Lavoisier et Dulong, l'oxigène dégage une quantité de calorique assez égale à celle donnée par la formation d'un pareil volume d'acide carbonique. Le sang artériel, selon Crawfort, absorbe de suite le calorique formé, à cause de sa capacité plus grande pour ce fluide, et le sang artériel, en devenant veineux, dégage le surcroît de calorique à cette transformation. Le sang veineux paraît avoir une température moins élevée ; ainsi les parties affectées de cyanose, de stase veineuse prolongée, sont le siége d'un refroidissement en rapport. L'inspection microscopique du sang permet de reconnaître, au milieu du sérum, de petits corps ou particules dont on doit la découverte à MM. Prévost et Dumas. Dans un travail remarquable, ces savants ont établi (1) que chaque particule ou *globule* sanguin est composé d'un noyau central et blanc, et d'une enveloppe ou vésicule qui donne à ces petits corps la couleur rouge. Le nombre de ces globules est bien plus grand dans le sang artériel que dans le sang veineux, et ce nombre varie encore suivant que le sang est plus ou moins riche et vivifiant. Le sang des oiseaux en renferme davantage que celui des mammifères, et parmi ces derniers, les carnivores en possèdent plus que les herbivores. Chez l'homme comme chez les animaux, ce nombre varie pour chaque espèce et chaque individu à des âges différents. Ces corpuscules sont globulaires chez l'homme et les autres mammifères; elliptiques chez les oiseaux, où leur volume l'emporte sur ceux des trois autres classes de vertébrés. Je ne connais pas encore d'analyse microscopique faite sur le sang veineux et artériel de l'homme, et, à ce défaut, je rappellerai que dix mille parties de sang de la carotide d'un chat contiennent 7938 d'eau, et 1184 globules, etc.; que dix mille parties de sang veineux du même animal ont donné 8992 d'eau, et 1163 globules; que la même quantité de sang artériel d'un chien fournit 100 globules de plus que le sang veineux. Je renvoie, pour de plus amples détails, au mémoire de Prévost et Dumas.

Il paraît que le sang a une *odeur* particulière non-

---

(1) Ann. phys. chim., t. XVIII et XXIII.

seulement plus intense dans l'artériel que dans le veineux, mais encore différente suivant les classes zoologiques. C'est en y versant de l'acide sulfurique, que M. Baruel a pu distinguer les espèces de sang, et se soumettre, à cet égard, à toutes les épreuves que l'Académie de médecine a pu exiger. On sent quelle importance cette découverte peut avoir pour la médecine légale.

Je ne puis quitter le point de vue physique de ma question sans mentionner l'existence, dans le sang, surtout dans le sang artériel, du fluide nerveux dont certains auteurs (1) l'ont doué, et qui selon eux lui donne cet esprit vital, cette force mystérieuse qu'il va porter aux autres parties du corps dans son mouvement mille fois diversifié. La présence dans le sang, et la puissance de ce fluide nerveux donneraient une grande profondeur à ces paroles du législateur des Hébreux : « l'âme de la chair est dans le sang (2). »

La chimie apporte à la distinction du sang veineux et du sang artériel des preuves tout aussi fortes que celle que la physique vient de nous fournir. Dans la composition générale du sang, nous trouvons l'eau, l'albumine, la graisse phosphorée, la cruorine, la fibrine, l'hématosine, le carbonate de chaux, le phosphate de chaux et de magnésie, l'hydrochlorate de soude et de potasse, l'oxyde de fer, la silice, le man-

---

(1) Lobstein, anatom. pathol., II, 652.
(2) Lévitique, ch. 17, v. 11 et 14.

ganèse, etc. Mais ces divers principes, dont le nombre n'est pas le même pour tous les chimistes, varient dans leurs proportions et leurs modes d'agrégation : nous trouverons là de grandes conditions des différences que nous cherchons entre les deux espèces de sang.

Véhicule et dissolvant de la plupart des principes sanguins, l'*eau* entre pour une très-grande proportion dans la composition de ce fluide : suivant beaucoup de chimistes, elle en formerait 60 à 70 centièmes. Elle constitue presque en totalité le sérum, et fournit à ces infiltrations morbides dont nous avons parlé : d'après l'analyse de MM. Berzélius et Marcet, 1000 parties de sérum du sang humain contiennent 900 parties d'eau. Les substances en solution dans ce liquide sont nombreuses et variées. Ainsi, sur 1000 parties de sérum, M. Marcet a trouvé 86,08 d'*albumine*, 6,06 d'*hydrochlorate de potasse* ou de *soude*, 4 de matière mucoso-extractive, 1,65 de *carbonate de soude*, 0,35 de *sulfate de potasse*, 0,60 de *phosphate terreux*; et suivant Vauquelin, 4,5 d'*huile*. Apportée abondamment dans le sang par le chyle et la lymphe, l'*albumine* jouit pour l'oxygène d'une avidité qui donne à penser qu'elle absorbe ce gaz à travers les vésicules bronchiques, et procure au sang artériel un état écumeux et caractéristique.

MM. Prévost et Dumas considèrent le sang comme formé par du sérum tenant en suspension de petites *particules* composées d'un corps central blanc entouré d'une enveloppe qui lui donne la couleur rouge, et qui, selon M. Lecanu, est fourni par un principe colorant nouveau qu'il nomme *globuline*, et que l'on appelle généralement *hématosine*. Ces globules constituent en grande partie la fibrine, que l'on trouve même dans le fluide blanc qui tient lieu de sang à tant d'animaux, où elle ne se prend pas en caillot, mais où elle nage dans le sérum (1).

L'hématosine est le principe essentiellement excitateur du sang, et se trouve en bien plus grande quantité dans l'artériel que dans le veineux; et dans la lymphe, la couleur brillante de l'hématosine persiste tant que le contact de l'air lui imprime un changement chimique incessamment renouvelé : cette coloration se fonce et passe au rouge brun quand ce contact cesse, et alors le sang porte sur les organes et sur l'économie entière une influence fâcheuse dont Bichat a fait sentir toute la portée par ses expériences (2). C'est donc à la présence de l'hématosine, dont sont environnés les globules sanguins, qu'il faut rapporter en grande partie la différence chimique du sang veineux et de l'artériel : ce sont les changements résultant de l'action réciproque des principes de l'air, et de ceux de la crasse du sang et de la lymphe, que l'on doit reconnaître pour conditions indispensables à la transformation sanguine, à l'hématose. Enfin, nous

---

(1) G. Cuvier, anat. comparée, I, 105.
(2) Recherches sur la vie et sur la mort.

dirons, avec Bichat, que le rôle de la circulation à sang noir, dans l'économie, est de pénétrer ce sang de différentes substances nouvelles, et que celui du système à sang rouge est de dépenser, au contraire, les principes qui le constituent (1).

(1) Anat. gén., II, 14.

DEUXIÈME PARTIE.

ANATOMIE ET PHYSIOLOGIE.

LE LABYRINTHE DE L'OREILLE NE CONTIENT-IL QUE DE L'EAU ?

La réponse à cette question se réduirait à bien peu de mots, si nous énumérions seulement les quelques autres parties contenues dans le labyrinthe : nous croyons rendre ce sujet plus intéressant en étudiant les divers perfectionnements du labyrinthe dans les principales branches de l'arbre zoologique.

Les mollusques nous présentent les premiers rudiments de l'oreille; leur cartilage céphalique, placé au-devant du pharynx, possède deux petites cavités fermées en dehors, et tapissées d'une membrane mince dans laquelle un liquide assez semblable à de l'eau tient en suspension un petit corps de consistance amilacée et cristallisé dans la sèche, selon Carus (1). A ces membranes ou vésicules se rendent des ramifications antérieures de l'axe nerveux œsophagien (2).

(1) Anat. comp., tom. Ier, 444,
(2) Scarpa, *de auditu et olfactu.*

Parmi les annelides, les décapodes ont un organe auditif différent de celui que nous venons d'observer dans les malacozoaires; seulement la cavité formée par l'enveloppe dermoïde offre une ouverture extérieure bouchée par une forte membrane, et ne renferme point un corpuscule solide. D'après les recherches de Weber, tous les poissons, excepté l'ordre de cyclostôme, ont une poche membraneuse remplie d'un liquide aqueux au milieu duquel se trouve un noyau plus solide, souvent même plusieurs corps pierreux : en outre, ces vertèbres ont leur labyrinthe composé de trois canaux demi-circulaires. Cette complication donne la forme du labyrinthe des reptiles où se retrouve le noyau crétacé flottant au milieu d'un liquide séreux contenu dans la vésicule centrale ; celle-ci se continue avec des conduits demi-circulaires et membraneux, pourvus de renflements, et auxquels se distribue un nerf spécial du cerveau. Placé sur les côtés du crâne, cet appareil communique avec la cavité de ce dernier par une grande ouverture, et à l'extérieur par un trou analogue à celui que les animaux articulés nous ont offert.

Le labyrinthe de l'oiseau contient les éléments que la classe précédente des vertébrés nous a présentés ; seulement les globules concrets manquent dans le liquide vestibulaire, et les canaux semi-circulaires ont pris de grandes dimensions ; il apparaît en avant une espèce de corne qui n'est qu'un limaçon rudimentaire.

Il ne reste plus que l'accroissement du limaçon des oiseaux pour constituer le labyrinthe des mammifères. Chez ces derniers comme chez l'homme, nous trouvons trois canaux demi-circulaires, un limaçon, deux aqueducs dont la communication avec le labyrinthe est niée par la plupart des anatomistes modernes, et que Lauth est disposé à regarder comme des canaux vasculaires (1), un vestibule où convergent toutes ces diverses parties, et qui constitue une cavité ovoïde divisée par une crête en deux fossettes, dont l'une, en avant, est demi-sphérique, l'autre, en arrière, est semi-elliptique. Ces différentes cavités sont tapissées par une membrane périostique extrêmement fine, plus épaisse cependant dans le vestibule, qui sécrète une humeur limpide assez semblable à de l'eau, et que l'on désigne sous le nom de Cotugno, parce que cet anatomiste a dissipé l'erreur de ses devanciers qui supposaient de l'air à la place de ce liquide. Environnés par ce dernier, des tubes membraneux, que Sœmmering appelle nerveux, occupent le vestibule et les canaux semi-circulaires, et forment des renflements à l'endroit des *ampoules* situées aux extrémités isolées des canaux semi-circulaires verticaux, et à l'extrémité antérieure de l'horizontal. Faiblement adhérentes aux parois osseuses des cavités labyrinthiques, ces *membranes nerveuses* forment des tubes *demi-circulaires*, très-

---

(1) Man. de l'anat., 252.

étroits, ouverts dans le *sinus médian*, occupant la fossette semi-elliptique du vestibule, et communiquent avec le *sac* logé dans la fossette demi-sphérique. Ces deux dernières cavités, selon Breschet, contiennent constamment des corpuscules calcaires qu'il appelle *otoconies*. C'est sur ces conduits membrano-nerveux que se répandent les ramifications pulpeuses du nerf acoustique, dont la mollesse varie beaucoup, suivant les animaux, d'après les recherches d'Autenrieth et de Geoffroy-St-Hilaire (1). Enfin, sur la lame spirale du limaçon va se rendre la principale branche du nerf de l'audition.

En jetant un coup d'œil étendu à toute l'échelle zoologique, nous voyons exister le plus constamment une espèce de poche ou vésicule remplie d'une matière plus ou moins pulpeuse à laquelle se distribue le nerf auditif (2). Nous sommes, d'après cela, amené à conclure que cette vésicule, le fluide qu'elle contient, et les ramifications nerveuses, sont les parties les plus nécessaires, non-seulement des diverses portions du labyrinthe, mais encore de tout appareil d'audition. C'est à cette vésicule qu'aboutit l'impression des vibrations sonores; c'est en elle que le nerf de la 7me paire reçoit les modifications inconnues qu'il transmet au cerveau, centre d'un travail bien plus inconnu encore, dont le résultat est l'ouïe.

(1) Mém. du muséum, I, 305.
(2) Hollard, précis anat. comp, 379.

TROISIÈME PARTIE.

SCIENCES CHIRURGICALES.

QUELLES SONT LES CAUSES, LES CARACTÈRES ET LE TRAITEMENT DE LA MYOPIE ?

Un assez grand nombre de personnes ne peuvent distinguer les objets qu'à une distance plus rapprochée que pour la majorité des autres hommes. Cette dernière altération de la vision est désignée sous le nom de *myopie*, que l'on considère plutôt comme une infirmité avec laquelle l'individu doit vivre, que comme une maladie. Toutefois, nous sommes loin de partager cette espèce d'insouciance médicale au sujet de ces infirmités, et nous voudrions voir faire plus d'efforts pour en débarrasser les malheureux qui les portent.

La myopie nous semble reconnaître des causes prochaines et appréciables aux sens, et des causes éloignées et trop souvent inconnues. Les lois de l'optique apprennent quelles sont les conditions exigées de la structure de l'œil pour que la lumière aille peindre les objets sur la rétine. Mais comme cet organe est composé de beaucoup de parties douées de densité diverse, on sent que l'harmonie physiologique de ces différentes parties peut être facilement troublée par l'aberration organique de l'une d'elles : c'est là que se trouvent les causes prochaines de la myopie; soit par trop d'abondance de l'humeur aqueuse ou de l'humeur vitrée, soit par la convexité exagérée et congéniale de la cornée, les rayons lumineux, après avoir traversé ces divers milieux, se rapprochent trop tôt, et forment un cône lumineux dont le sommet n'aboutit point à la rétine, mais plus ou moins en avant. Arrivés à ce point de convergence, les rayons de lumière s'écartent et se répandent d'une manière éparse sur la membrane nerveuse, où ils ne donnent des objets qu'une image plus ou moins confuse. Les mêmes raisons de dioptrique expliquent la production du même phénomène lorsque le cristallin est trop convexe, trop rapproché de la cornée, ou même que l'humeur de Morgagni est trop abondante.

Les causes éloignées de la myopie résident dans la direction vicieuse de l'organisation, dont le résultat est la structure anormale de l'œil; cette tendance morbide est souvent favorisée par l'habitude des enfants à examiner les objets de très-près, pour former l'éducation de leurs sens; par l'habitude des horlogers, des lapidaires, des micrographes, de regarder des objets très-petits et très-rapprochés; aussi observe-t-on le plus grand nombre des myopes chez les gens de cabinet, ou chez ceux qui s'occupent d'études qui demandent l'exercice prolongé et fatigant des yeux.

On reconnait bien vite une personne myope, non-seulement à la saillie ordinaire des yeux et la manière dont elle lit, mais encore à sa physionomie : n'apercevant que difficilement, surtout quand la lésion visuelle est portée à un haut degré, les traits et l'expression des personnes avec qui ils parlent ou qui les approchent, les individus affectés de myopie prennent un air d'hébétude et de stupidité qui fait souvent penser défavorablement de leur mérite intellectuel. En examinant leurs yeux, on trouve la pupille très-resserrée, ce qui permet aux rayons lumineux dont la direction est parallèle à l'axe de l'organe, d'y pénétrer presque seuls par un jet droit et peu susceptible de réfraction.

L'art parvient rarement à guérir la myopie, et c'est seulement dans les cas accidentels dont la cause occasionnelle est bien connue, qu'il peut procurer une cure radicale ou une grande amélioration. Il est bon, surtout dans les familles dont plusieurs membres sont atteints de myopie, d'accoutumer les enfants à voir les corps à distance ordinaire. C'est de la même manière que doivent agir les personnes qui veulent remédier à une myopie commençante. A cet égard, on a inventé beaucoup de procédés plus ou moins ingénieux (1), parmi lesquels nous remarquons l'emploi

(1) Diction. de méd., t. XXXV.

d'un pupître où est placé un livre, et auquel la tête est fixée à une distance que l'on gradue convenablement.

Lorsque la myopie est survenue à la suite des exercices d'un état fatigant pour les yeux, on a proposé quelques opérations pour guérir la myopie : éloigner cette circonstance morbifique, est le premier et le plus puissant moyen que le praticien puisse mettre en usage. Suivant Lawrence (1), sir William Adam a conseillé de pratiquer l'opération de la cataracte, afin de contre-balancer, par l'absence du cristallin, la trop grande refringence de la cornée; mais ce moyen n'a jamais été mis en usage. Seulement Haller et Richerand ont observé des myopes qui, ayant été atteints de cataractes, ont recouvré une bonne vue après l'opération de la cataracte par extraction (2). Un oculiste allemand a aussi proposé, dans les cas de trop grande abondance de l'humeur aqueuse, d'en évacuer une partie par la sclérotique: ce résultat, que l'opérateur ne peut obtenir que pour un moment, les lois organiques le font avec bien plus de succès; dans la vieillesse, en effet, la sécrétion des humeurs diminue, et la myopie fait souvent alors place à une vue excellente ou même à la presbytie.

Les moyens palliatifs d'un usage général sont les

---

(1) Traité des mal. des yeux, traduit par Billard, p. 262.
(2) Nosogr. chirurgic., I, 344.

24

lunettes à verres concaves, qui remédient, par la divergence qu'elles impriment aux rayons lumineux, à la trop grande convergence que les milieux de l'œil vont bientôt leur donner; ces verres seront plus ou moins puissants, suivant le dégré de l'infirmité; ils auront une teinte légèrement bleue ou verte, pour adoucir l'impression de la lumière.

QUATRIÈME PARTIE.

SCIENCES MÉDICALES.

QUELLES SONT LES BASES D'UNE BONNE NOMENCLATURE
EN PATHOLOGIE ?

Au premier abord, cette question a un sens qui n'est pas, au fond, le sien, et en la tirant de l'urne, je crus qu'il s'agissait de la classification des maladies ; plusieurs médecins sont tombés dans cette erreur en lisant le titre de mon sujet, et même des auteurs qui se sont occupés de cette matière d'une manière spéciale, n'ont pu éviter cet écueil : nous citerons à cet égard l'ouvrage de M. Murat, docteur de cette Faculté, qui, en 1807, fit paraître un traité des nomenclatures médicales. Ce qui nous a semblé bien singulier, c'est que cet auteur s'efforce, au commencement de son livre, de distinguer soigneusement la nomenclature de la classification, et qu'il ne s'occupe ensuite presque que de ces dernières.

Et cependant il existe une grande différence entre la nomenclature et la classification ; et nous voudrions si bien qu'il n'en fût pas ainsi, que l'étude de la première est aride, ennuyeuse et trop souvent stérile ; tandis que la seconde permet à l'esprit de s'évertuer sur des idées relevées, et non sur des mots. La nomenclature, en effet, donne aux objets dont on s'occupe des appellations convenables qui réveillent leur image dans l'esprit de la majorité des hommes de pays et de systèmes divers ; elle assigne aux choses des noms basés sur des principes faciles à l'intelligence, et invariables, quelles que soient les opinions des écoles et des théories opposées. C'est elle qui livre au nosologiste les matériaux de l'édifice qu'il va construire, les éléments, la langue du livre qu'il va écrire. Le nomenclateur trace sur chaque objet un signe qui le fait reconnaître de tous les classificateurs, et le rend propre à toutes les classifications auxquelles elle n'impose aucune entrave, et dont il n'a guère à s'informer.

La nomenclature chimique nous permet de comprendre facilement ce que nous avançons : ainsi, quand je dis que le sel de cuisine est du *chlorure de sodium*, je donne non-seulement un nom à un corps, mais en même temps j'en énonce la nature ; or, mes recherches sur cette dernière peuvent être erronées, et un autre chimiste trouvera peut-être que le sel marin n'est pas une combinaison binaire de deux corps simples, mais un composé d'un hydracide et d'une base. Alors ce chimiste m'énonce le résultat de son analyse par ces mots : *hydrochlorate de soude*, et son opinion m'est connue, mais l'appellation est restée la même, à la finale des mots près, et je suis à même de m'assurer en quoi mon analyse est mal faite. Les avantages de ces systèmes appellatifs ont été de tout temps appréciés dans les sciences naturelles, et c'est en partie à eux qu'elles doivent le beau titre de sciences exactes. Personne n'ignore l'opinion de François et de Roger Bacon à ce sujet, et l'importance qu'ils attachaient à une langue bien faite; Isidore de Séville est tout aussi explicite que le chancelier d'Angleterre : « la connaissance des choses, dit-il, se perd, si l'on n'en sait le nom ». Qui n'a, en effet, senti combien la désignation convenable d'un objet en rendait la connaissance et le souvenir plus faciles ? Qui n'a senti de répugnance pour ces noms bizarres qui ne rappellent rien à l'esprit, et qui ne font que fatiguer la mémoire la plus heureuse? Les sciences sont bien assez vastes, les objets dont elles s'occupent sont bien assez nombreux et variés, pour que l'homme cherche, dans les combinaisons de sa langue, des moyens de soulager ses forces intellectuelles, et de suppléer à leur insuffisance ordinaire. Que serait devenue la civilisation si les arts n'avaient trouvé, dans les lois de la mécanique et des sciences naturelles, des puissances dont l'homme n'est point pourvu ? A Dieu ne plaise que je prétende que les mots donnent des idées des choses! un peu de réflexion suffit pour reconnaître une si grossière erreur; l'avantage des mots est de *réveiller* dans l'esprit l'image des objets absents : l'on conçoit donc que des dénominations *exactes* devront éveiller dans les divers esprits les mêmes images.

Il fut une époque, non loin de la nôtre, où le besoin des nomenclatures fut si vivement senti, que l'on se mit à cette œuvre avec un concours d'efforts dont les résultats ont été immenses. C'est de là que sont sorties ces nomenclatures chimique, botanique, anatomique, qui font autant d'honneur au siècle qu'au génie qui les a produites. Malheureusement, malgré les tentatives d'hommes remarquables, la pathologie est restée en arrière de cette impulsion générale. Serait-ce parce que tous les objets dont elle traite sont appelés convenablement, et qu'elle ne peut rien désirer de plus ? Je n'ai pas besoin de dire qu'il en est tout autrement, car il suffit de jeter un coup d'œil sur la langue médicale, pour voir qu'il n'existe pas de nomenclature pathologique, et qu'elle se compose d'une réunion incohérente de mots bizarres, vides de sens, multipliés à l'infini et presque à l'envi.

Les dénominations de *feu de St-Louis, de St-Antoine*, danse de St-Guy ou de St-With, peuvent-elles réveiller dans votre esprit l'image d'un objet, et retracent-elles un des caractères qui les fasse reconnaître dans tous les pays, dans tous les lieux ? Au lieu que le mot *sulfate de cuivre* retracera, pour tous les pays et tous les temps qui auront la clef *de quelques principes* de votre nomenclature, la composition aujourd'hui connue de ce sel. Le nom de danse de St-Guy, de feu de St-Antoine, ne dérive point d'une nomenclature. Supposez la description de cette maladie perdue, et celle-ci même disparue de la terre ou de notre continent : il ne nous est plus possible de retrouver dans sa dénomination rien qui en réveille l'image à notre esprit. Quand je trouve dans un auteur, fièvre d'Amérique, ou dans Grant, fièvres de la moisson ; quand je lis maladie maligne, cacoëthe, de mauvaise nature ; lorsque je vois écrit petite vérole, vérole, syphilis, cancer, polype, éléphantiasis, etc., etc., etc., mon esprit est-il plus instruit parce que ma mémoire est surchargée par des noms qui ne me donnent aucune connaissance de la chose qu'ils veulent me désigner ?

Mais ce ne sont là que des noms particuliers, propres ; il en est d'autres plus généraux, plus collectifs, et qui embrassent, dans leur désignation, une foule d'objets ayant entre eux des rapports plus ou moins nombreux. Et ici encore le vague de la nomenclature médicale est bien déplorable : les noms de fièvres, de catarrhe, de fluxion, etc., etc., rappellent-ils à l'esprit quelques caractères fondamentaux des maladies qu'ils veulent désigner ? Que me dit le mot fièvre (*febris-fervor*, πυρ) ? il m'indique de la chaleur. La chaleur est donc la fièvre ? non. Est-elle la cause de la maladie que le mot veut me rappeler ? encore moins. En est-elle le symptôme constant ? pas davantage. Le mot fièvre, enfin, me désigne-t-il le traitement à employer ? pas le moins du monde. Je suis donc amené à conclure que le mot fièvre charge ma mémoire sans aucun profit pour mon esprit. J'en pourrai dire tout autant des mots catarrhe, fluxion, etc., qui n'ont pas plus de valeur pour une nomenclature.

Il est d'ailleurs facile de remarquer qu'il n'en pouvait être autrement de la désignation des maladies à l'époque reculée où elle fut créée. N'ayant aucune connaissance réelle des objets mystérieux qu'ils observaient, les premiers médecins durent se livrer plutôt à leur imagination qu'à la méditation, sur des choses dont ils ne pouvaient juger que dans d'étroites limites. Aussi retrouve-t-on, dans les appellations pathologiques que l'antiquité nous a transmises, des traces évidentes sur ce vague de l'enfance de l'art. Une partie est-elle rouge, chaude et boursouflée ? c'est du feu qui y existe : inflammation. Un individu a-t-il sa chaleur, la teinte de son corps, les mouvements de son cœur augmentés, etc. ? c'est encore du feu dont il s'agit : πυρετοσ. Un malade présente-t-il une jambe tuméfiée, inégale et dure? c'est une jambe d'éléphant : éléphantiasis ; a-t-il le corps rongé par un ulcère ou par un mal *hideux* ? syphilis, σιφλοσ. Un homme est-il poussé, par état morbide, à exercer à tout instant le coït? l'on dénomme cette maladie satyriasis, parce que la *fable* prétend que les satyres étaient dans ce cas : nous pourrions en dire autant de priapisme, nymphomanie, etc., etc.

Ces quelques citations suffisent pour démontrer que la plupart des noms des maladies nous viennent de la plus haute antiquité, et datent de l'enfance de l'art : comment ne pas reconnaître, puisque la science a fait des progrès immenses, surtout dans ces derniers temps, que ces appellations ne sont plus en harmonie avec ces mêmes progrès, et que la pathologie demande une nouvelle nomenclature ? Ce besoin est senti depuis long-temps; et des hommes recommandables se sont livrés à des tentatives qui, bien que restées sans réussite, ont jeté de vives lumières sur les fondements de la nomenclature à venir. Une des nomenclatures les plus connues (1), est celle du professeur Salva, publiée en 1807 : imitant la nomenclature chimique donnée par Guyton-de-Morveau, Lavoisier, etc., le professeur de Barcelone adopte douze classes pour le cadre de toutes les maladies, et donne à chaque classe une terminaison grecque différente de la manière suivante : 1° tumeurs, *oncos* ; 2° difformités, *eidos* ; 3° fièvres, *pyr* ; 4° inflammation, *itis* ; 5° spasmes, *spasmos* ; 6° difficulté de respirer, *dyspnœa* ; 7° débilités, *aménos* ; 8° douleurs, *algia* ; 9° aberration de l'esprit, *vesania* ; 10° flux, *rhea* ; 11° altérations des qualités visibles des corps, *exia* ; 12° changements de volume, *pachos*.

Cette nomenclature est loin de revendiquer une complète approbation : elle a sans doute le mérite de faire apercevoir quel est le plan à adopter dans une nomenclature mieux conçue, puisqu'elle rappelle la nature des maladies par la finale de leurs noms; mais

---

(1) Celle proposée tout récemment par M. Pierry m'était inconnue quand j'ai composé ce travail.

elle a un vice radical : c'est celui de prendre la plupart des types des appellations dans les symptômes, et non dans le fond des maladies. Il est des personnes qui pensent que les noms techniques ne doivent rien signifier, parce que nos connaissances à l'égard des choses étant très-bornées, ils n'en donnent pas une idée fausse, ne dérivent point de théories dont le temps fait justice, et de principes mal fondés. Nous ne saurions approuver cette manière de voir, et nous croyons qu'il vaut mieux exposer un nom à être rejeté par la postérité, même par ses contemporains, surtout quand cette désignation est basée sur un caractère ou une qualité *sensible* de l'objet. A ce sujet, il est de la plus haute importance de faire la distinction judicieuse, établie par M. Murat, dans l'ouvrage que nous avons déjà mentionné, de nomenclature *abstraite* et métaphysique, et de nomenclature *sensible*. La première, dit cet auteur, est basée sur l'imagination toujours illimitée de son inventeur, et doit subir toutes les influences de l'imagination de tous les individus : c'est à celle-là que le reproche d'inutile, et même de nuisible, doit être appliqué. Il n'en est pas de même de la seconde : en s'adressant aux sens, elle est à la portée de la majorité des intelligences qui peuvent la vérifier, la contrôler ; elle a toujours l'avantage de consacrer un des caractères physiques et à peu près constant d'un objet, qui pourra servir de point de rappel à tous les systèmes existants et à venir. Quel n'était pas, en effet, le dédale et la confusion de l'alchimie et de la chimie même, avant Guyton-de-Morveau, Fourcroy, etc. ! Un corps avait reçu dans le même pays vingt noms différents, et plus bizarres les uns que les autres! Comment s'entendre dans cette tour de Babel? Mettez en présence de ce chaos la nomenclature chimique si simple et si universellement adoptée, et jugez des avantages d'une nomenclature !

Mais, me dira-t-on, la même révolution est impossible pour la pathologie, elle qui s'occupe de sujets si divers, si obscurs, si indéterminés. Je n'ignore pas toute l'étendue de la difficulté, et je suis loin de prétendre posséder d'assez vastes connaissances pour parvenir à ce grand but; je dois faire remarquer cependant que la même objection était portée contre la nomenclature chimique lors de son invention, et sa mise en œuvre n'a pas été pour peu de chose dans les progrès aussi immenses que rapides qu'a faits cette belle science. Il s'agit pour nous, en pathologie, de baser la nomenclature sur les caractères les plus constants, les plus invariables des maladies, et d'imiter ensuite dans son plan celle de la chimie, de la botanique ou de l'anatomie. Fondée sur de tels principes, la nomenclature pathologique aura les avantages de la nomenclature *sensible* dont nous avons parlé, d'après Condillac et M. Murat; voyons :

Quels sont les caractères morbides sensibles et les plus constants des maladies; les causes ? quelle obscurité! Les symptômes généraux ? quel vague ! Les terminaisons ? quelle variabilité ! Le traitement ?

quelle incertitude capricieuse ! Mais on a déjà deviné ma pensée : les lésions locales sont les bases sur lesquelles je pense que la nomenclature médicale peut trouver de solides appuis. L'anatomie pathologique, cette belle science que les temps modernes doivent être fiers d'avoir trouvée, nous donne les caractères sensibles les plus constants des maladies : c'est sur elle que doit être basée la nomenclature *sensible* vantée par Condillac; c'est à elle que s'adressaient ces mots d'un illustre fondateur de l'anatomie pathologique, Morgagni : « *si nunc imponenda essent nomina, non dubito quin plura excogitari possint nomina et cum vero magis congruentia.* » Ce serait à coup sûr ce qu'il y avait de mieux à faire, écrit Reydellet, dans le grand diction. des sciences médicales. La lésion organique fournirait donc à cette nomenclature nouvelle les types et les radicaux des noms, et la finale de ces derniers en indiquerait la nature : telle est, du moins, notre manière de penser; en voici un exemple que nous ne donnons que pour compléter la tâche qui nous est imposée.

BASES OU TYPES.	FINALES.	EXEMPLES.
Inflammation.	ite.	Névrite. pleurite. bronchite.
Augmentation nerveuse, ou névrosthénie.	ie.	névrie. pleurie. bronchie.
Diminution nerveuse, ou névrasthénie.	anie.	névranie. pleuranie. bronchanie.
Augmentation organique, ou hypertrophie, etc.	ose.	névrose. pleurose. bronchose.
Diminution organique, ou atrophie, etc.	anose.	névranose. pleuranose, bronchanose.
Augmentation des cavités, ou dilatation, anévrisme, etc.	isme.	bronchisme. artérisme. cardisme.
Diminution des cavités, ou rétrécissements, oblitérations.	anisme.	cardianisme. urétranisme. artérianisme, etc.

FACULTÉ DE MÉDECINE
DE MONTPELLIER.

PROFESSEURS.

MM. CAIZERGUES, Doyen. Clinique médicale.
BROUSSONNET. Clinique médicale.
LORDAT. Physiologie.
DELILE. Botanique.
LALLEMAND, *Examinateur.* Clinique chirurgicale.
DUPORTAL. Chimie.
DUBRUEIL, *Présid.* Anatomie.
DUGÈS. Path. chir., opérat. et appar.
DELMAS. Accouchements.
GOLFIN. Thérap. et matière médic.
RIBES. Hygiène.
RECH. Pathologie médicale.
SERRE. Clinique chirurgicale.
BÉRARD. Chim. médic.-générale et Toxicol.
RENÉ, *Exam.* Médecine légale.
RISUEÑO D'AMADOR. Path. et Thér. génér.

PROFESSEUR HONORAIRE.

Aug.-Pyr. de CANDOLLE.

AGRÉGÉS EN EXERCICE.

MM. Viguier.
Kuhnholtz.
Bertin.
Broussonnet.
Touchy, *Examin.*
Delmas.
Vailhé.
Bourquenod.

MM. Faces.
Batigne, *Examin.*
Pourché.
Bertrand.
Pouzin.
Saisset.
Estor.

La Faculté de Médecine de Montpellier déclare que les opinions émises dans les Dissertations qui lui sont présentées, doivent être considérées comme propres à leurs auteurs; qu'elle n'entend leur donner aucune approbation ni improbation.

Milton Keynes UK
Ingram Content Group UK Ltd.
UKHW040654231024
449953UK00005B/45